TRAGICOMEDIE
TRES-CELEBRE DES
INIMITABLES AMOVRS
du Seigneur Alexandre
& d'Annette.

I0546694

Ou l'on voit les envieuses trauerses qui contrarient les Amants & le iuste loyer de leur fidelité.

A TROYES,

Chez Nicolas Ovdot, Imprimeur demeurant en la Rue nostre Dame, à l'Enseigne du Chapon d'Or Couronné. 1619.

Ex Bibliotheca D. Crozat in
suprema Parisiensi Curia
Praesidis

ARGVMENT.

De la presente Tragi-comedie.

Lexandre gentilhomme, remply de
perfection & beauté inſinué aux bon-
nes graces de Damoyſelle Annette,
trouue moyen de moiſſonner le thre-
ſor qu'elle auoit de plus cher, mais comme on
ne peut cueillir les roſes ſans ſe picquer, ainſi il
arriua qu'au milieu de leur ébat le pere d'Annette ſuruient aduerty d'vn argus domeſtique lequel n'ayant peu ſaiſir Alexandre, commande
à vn de ſes ſeruiteurs d'occir ſa fille Annette, qui
fait tant par ſes larmes qu'elle rachepte ſa vie, &
ayant impetré d'iceluy vn veſtement de page
s'en va voir le pays iuſques à tant qu'elle enten-
dit le treſpas de ſon pere qui mourut de triſteſſe
croyant que ſon ſeruiteur l'euſt tuée, & ayant de
bonne fortune par l'entremiſe d'vn ſien oncle
qui l'aſſiſtoit recouuert le Seigneur Alexandre
elle l'eſpouſa pour recompenſer leurs trauaux
& metamorphoſer l'abſinte de leurs triſteſſes en
vn monde de plaiſirs.

A ij

NOMS DES ACTEVRS.

Alexandre gentil'homme.
Annette Damoyselle.
Lambert seruiteur d'Alexandre.
Le pere d'Annette.
Clement seruiteur du pere d'Annette.
Le sieur François oncle d'Annette.
Le Cordonnier.

TRAGI-COMEDIE
TRES CELEBRE DES
inimitables Amours du Seigneur
Alexandre & d'Annette,

Où l'on voit les anuieuses trauerses qui contrarient
les Amants & le iuste loyer de leur fidelité.

ACTE I.

Alexandre, Annete, Lambert, Le pere d'Annette, Clement.

Alexandre.

C'Est vn grand cas qu'entre les Dieux
Soit par la terre ou par les Cieux
Vn petit enfant effrené
Portant face de nouueau né
Ait par la force & arrogance
Iolympe mis en sa puissance,
Mais quoy d'où vient cest auollé
Qui m'a de son traict affollé,
Et qui tant embrase mon ame
Que mesme en dormant de ma Dame,
La beauté tant recommandée,
Ie voy sans cesse par idée:

A iij

Mais alors que i'ouure mon œil,
Les rayons du doré Soleil
Me font cognoistre, ô miserable,
Combien le songe est deceuable,
Et trompeur tout seul me trouuant
Demy mort de ce qu'en réuant
I'accolle ainsi par coniecture
L'oreillet & la couuerture,
O ma belle maistresse Annette
Que iour & nuict tant ie souhaitte,
O fauorite tant aimée,
Pour qui mon ame est entamée,
Faut-il que vostre pere expres
Vous garde au logis de si pres,
Et que la nuict mesme on luy porte
Les clefs de la premiere porte:
Bref si ie n'ay d'autre raison
Faut que i'eschelle la maison
Pour l'enleuer, mais parauant
Ie veux attendre du seruant
Quelque nouuelle necessaire.

Il s'en va, Lambert parle.

Ie conduiray bien ceste affaire
Remettez tout sur mon honneur.

Annette.

M'estant fidelle seruiteur
Ie te feray mettre en credit
Par cy apres.

Lambert.

C'est assez dit.

Annette.

Au demeurant fay luy cognoistre

Que ie suis sienne entierement
Et qu'il vienne secrettement
Par nostre porte de derriere.

Lambert.

Il craint trop vostre Chambriere.

Annette.

Dy luy que le guet ie feray.

Lambert.

Il viendra donc sans nul delay
Sur la brune vous visiter.

Annette.

Lambert mon fils fay le haster
Et qu'il ne craigne point mon pere,
Car ie prendray garde à la porte.

Lambert.

Tout de ce pas ie m'y transporte,
Adieu, adieu Madamoyselle.

Annette.

Adieu Lambert.

Lambert.

Veu le bon zele
De ceste Damoyselle honneste,
I'estimerois mon maistre beste
S'il ne prenoit contentement
De l'amoureux esbatement.

Alexandre.

Cest archer plein de fiction
De venim & d'ambition
Sans fin me broüille la ceruelle
Tousiours il rampe en ma moelle,
Tousiours il me brusle les os
Et ne me delaisse en repos

Tant i'ay peur que ma fauorite
Ne mette à neant mon merite,
Ou bien que son pere fantasque
Ne nous appreste vn tour de Basque,
Car on voit tousiours ses vieillards,
Ses radotez, ses papelards,
Songer en leur oysiueté
Tousiours quelque meschance é
Sans se resouuenir en eux
Du temps qu'ils estoient amoureux
Et qu'ils viuoient sans nul soucy,
Mais il me semble que voicy
Venir Lambert.

Lambert.

Il me souuient
Quand ie voy mon maistre qui vient
Rauassant choses nompareilles
D'vn qui tient le loup aux oreilles
Ne sçachant comme s'abstenir
De le quitter où le tenir,
Ainsi mon maistre est sur le poinct
D'aimer ou bien de n'aymer point.

Alexandre.

Et bien comment va ma maistresse.

Lambert.

Bien Dieu mercy que l'on delaisse
Ce chagrin qui vous rend transi.

Alexandre.

Mais pourroit-il bien estre ainsi.

Lambert.

Ie ne le vous voudrois pas dire,
Madamoyselle vous desire

Autant que vous la defirez,
Elle afpire ou vous afpirez,
Ce que voulez elle le veut :
Mais ce que pouuez elle ne peut.

Alexandre,

Dy moy tout & m'ofte d'efmoy.

Lambert.

Elle vous mande de par moy
Qu'a ce foir vous ne faillez pas
De mettre en ordre voftre cas
Pour courir la lance en la liee.

Alexandre

Mais Lambert ie crains la Iuftice.

Lambert.

Et pourquoy cela.

Alexandre.

Vertu bieu
Si i'eftois furpris en ce lieu
Le pere eftant en fa furie
M'accuferoit de vollerie
Et crieroit mefme au rauiffeur.

Lambert.

Ma foy celuy là qui a peur
Des fueilles n'aille pas au bois.

Alexandre.

Ma foy Lambert quand ie deurois
En fe deffein laiffer la vie,
Si faut-il aller voir m'amie
Puis ie fçay les traicts de Maugis,
Allons fuy moy iufqu'au logis.

Lambert.

Mon maiftre allons qui fe foucie

De mallencontre s'associe.

Le pere d'Annette.

O Dieu que la ieunesse folle
Incorrigible fine & molle
Est auiourd'huy forte à garder,
Forte à tenir, forte à mener,
Ie n'ay d'enfans à mon mesnage
Qu'vne fille encor en bas aage
Qui ne veut ià que piapher,
Que se rire & se plaisanter
Ainsi qu'vne poupée & puis
Se carrer tous les iours a l'huys,
Fy si d'vne telle menée,
Quoy il n'y a feste en l'année
Tant soit ou basse ou solemnelle
Qu'il ne faille à Madamoyselle
Argent pour acheter vn tas
D'habits de soye & taffetas
Puis ce pendant quelque affronteur
Qui se dira son seruiteur
Si tresbien l'Amadisera
Qu'a la fin la subornera,
Non non i'y donneray tel ordre
Que personne ny pourra mordre,
Clement.

Clement.

Monsieur.

Le pere.

Villain.

Clement.

Coyon.

Le pere.

Que dis- tu.
Clement.
Ie dis qu'a noyon
faut enuoyer vos ennemis.
Le pere.
Si tu és de mes bons amis
Maintenant il te le faut dire.
Clement.
Et vertu bieu voicy pour rire,
Ignorez vous que ie puis estre.
Le pere.
Clement, Clement, il faut son maistre
En les negoces soulager.
Clement.
Ie ne sçaurois mieux alleger
Vostre vieillesse vous sçauez,
Si de hazard vous resuez,
Ce que i'ay fait ceste sepmaine.
Le pere.
Ie te supply de prendre peine
Tant seulement à quelque fait.
Clement.
Dites, vous serez satisfait.
Le pere.
Soir & matin doncques Clement,
Prens garde bien soigneusement
A ce que fait ma fille Annette,
Elle est si accorte & finette
Que depuis peu ie la redoute.
Clement.
Monsieur n'ayez de cela doute
Ell' c'est tousiours bien gouuernée.

Le pere.

Clement ie foy qu'elle est bien née,
Mais ie crains que quelque folastre
Qui ne demande qu'a s'ebatre
Ne la feduife en difcourant.

Clement.

Par ma foy vous estes fçauant
En faiɛt d'amour laiffez moy faire.

Le pere.

Mefnagez donc bien cefte affaire.

ACTE II.

Annette, Alexandre, Labert, Clement, La Cordaniere, Le pere.

Annette.

EN attendant mon doux Amant,
Ie veux ouurir fecrettement
Cefte porte mon pere dort.

Alexandre.

Par ma foy, Annette aura tort
S'elle ne tient fon compromis,

Lambert.

I'y voy hola.

Annette.

Qu'eft-ce là.

Lambert.

Amis.

Annette.

Entre Lambert mon mignon.

Lambert parlant à fon maiftre.

Mon maiftre & vertu d'vn oignon,

Que vous estes long à marcher.
Alexandre.
Puis qu'il nous conuient depescher,
Entrons Lambert, ô ma mignonne,
Ô mon cœur, ô ma toute bonne,
Celle que le Printemps redore,
Celle que ma triste ame adore
Que ie vous baise
Annette.
O mon desir,
O Alexandre mon plaisir,
C'est ores qu'il faut que i'accolle,
Ce qui plus au monde m'affolle.
Lambert.
Vertu bien entrez à couuert.
Annette.
Mon amy voila l'huys ouuert,
Allons nous coucher ie vous prie.
Alexandre.
Allons mon cœur ie vous supplie.
Clement qui les espie.
Par mon serment ie vous promets
Que ie ne dormiray iamais
Que mon maistre n'en soit certain,
Et vertu bieu ce n'est en vain
Qu'il craint que sa fille vollage
Laisse aller le chat au formage.
La Cordonniere.
Ha detestable garnement
Ha le meschant certainement,
Si on faisoit bonne iustice
Et que l'on mist à tout police,

Long temps y a qu'il fut pendu
Ou deſſus la rouë eſtendu.
Ce chien ce verault ceſt infame,
Qui vient ainſi battre ſa femme,
Ce chaſtré, ce ienin, ce ſot,
Il n'a garde de dire mot
Maintenant que ie ſuis dehors
Apres m'auoir rompu le corps,
M'as-tu priſe pour m'aſſommer,
Par celuy qu'on n'oſe nommer
Ie t'en feray bien repentir
Puis qu'ainſi tu mas fait ſortir,
Va tes fortes fiéures cartaines,
Vilain aſſommer tes vilaines.

Lambert.

Voila aſſez bonne priere
Pour vne gente Cordonniere.

La Cordonniere.

Ha vilain ta langue affilée
M'a tantoſt putain appellée,
Mais par la ſainte Trinité
Dire te feray verité.

Lambert.

Tant mieux c'eſt ce que ie demande,
Par bieu voila bonne truande,
Mais le moyen de l'accoſter.

La cordonniere.

Tu me fais iour & nuict trotter,
Comme ſi eſtois ta ſeruante
Par la mercy Dieu ie me vante
De mettre mon corps au hazart.

Lambert.

Si ie puis i'en auray ma part,
Bonſoir Cordonniere bon ſoir.

La Cordonniere.

Ie ne puis iugement auoir
Qui c'eſt

Lambert.

Veüillez a moy entendre.

La Cordonniere.

Eſt-ce du Seigneur Alexandre
Le ſeruiteur mon amy doux,
Dites Lambert eſt-ce point vous?

Lambert.

Ouy pour vous rendre bien ſeruie.

La Cordonniere.

Vrayement ie vous en remercie
Du bon du cœur mon amy cher.

Lambert.

Ie cherchois ce ſoir a coucher.

La Cordonniere.

Mon mary m'a auſſi batruë
Puis m'a chaſſee emmy la ruë.

Lambert.

Si vouliez auec moy venir
Et plaiſamment vous maintenir
Iuſques au ſoir nous trouuerons
Vn logis ou nous coucherons
Bec à bec comme fourbiſſeurs.

La Cordonniere.

Et ou ſa.

Lambert.

Vne de mes ſœurs
Qui demeure quaſi tout contre,

La Cordonniere.

Voicy vne heureuse rencontre,
Mais sauuez mon honneur Lambert.

Lambert.

Ma mignonne par saint Robert
I'aymerois mieux cent fois mourir,

La Cordonniere.

Allons donc sans plus discourir.

Clement.

Ma foy mon maistre le sçaura
Et de tout aduerty sera,
Si vous vouliez estre discret
Ie vous dirois tout mon secret.

Le pere.

Y a il anguille sous roche.

Clement.

Ie croy maintenant qu'on embroche
La plus exquise venaison
Qui soit point en vostre maison.

Le pere.

Quelle venaison que dis-tu,
O grand Dieu ie perds la vertu,
Mais quoy comment mon amy cher.

Clement.

Vostre fille est allé coucher
Auec vn certain gentil homme.

Le pere.

Sang bieu il faut que ie l'assome,
Que ie l'escrase tuë & frappe
Si en ce mestier ie l'attrappe.

Clement.

Chasse n'est que de vieils limiers.

Le Pere.

Le pere.

Ie n'y feray pas des derniers,
Suiuez moy nous romprons la porte.

Annette.

Helas mon amy ie suis morte,
Sauuez vous soudain, c'est mon pere.

Alexandre.

Plus pour doute du vitupere
Que de la mort l'huys ouuriray
Et si ie puis i'eschapperay.

Le pere.

Arreste Clement qu'on le happe.

Clement.

Aidez moy mon maistre il m'eschape
Corbleu il est bien loin de moy.

Le pere.

Parbieu ie l'eusse pris sans toy,
Mais sus approchez vous meschante
Que de ceste lame trenchante
La teste ie vous mette bas.

Annette.

Mon pere ne me tuez pas,
Helas, ie vous requiers pardon.

Le pere.

Nommez moy qui est le poltron
Qui a ainsi souillé ma race.

Annette.

Helas! pour Dieu faites moy grace,
Iamais il ne m'en souuiendra.

Le pere.

Ha non non il t'en souuiendra,
Clement sus donc qu'expressement

B

Que l'on la prenne promptement
Et que l'on la priue de vie.

Clement.

l'accompliray bien voftre enuie.
Puis qu'ainfi vous me l'ordonnez,
Allons Annette cheminez.

ACTE III.

Le Cordonnier. La Cordonniere, Lambert, Clement, Annette, Alexandre.

Le Cordonier.

SA ie n'en puis plus endurer,
Sa fa puis que le murmurer
Et le battre de rien ny fert
Il faut il faut pour fon deffert
Que la mette à mort & l'affiege
Afin que pu iffe prendre au piege
Ce gros paillard qui l'entretien.

La Cordonniere.

Las helas ie m'en doutois bien,
Debout Lambert gaftez nous fommes
A la porte y a cinq cents hommes,
Ce femble auec le Cordonnier.

Lambert.

Ie ne demourray le dernier.

La Cordonniere.

Helas me lairrez vous derriere.

Lambert.

Voudriez vous la Cordonniere

Que ie fusse ainsi diffamé
Ou bien comme vn chien assommé

Le Cordonnier.

Par mon Dieu paillard vous mourrez.

Lambert.

Sauué me suis par les marets,
Adieu adieu iusqu'au retour.

Le Cordonnier.

Ha villaine venez au iour
Ou ie vous battray plus que terre.

La Cordonniere.

Regardez vn peu ce bigerre
Dequoy il me veut accuser.

Le Cordonnier.

Vous voulez encor m'abuser,
Mais allez vostre malle voye
Que iamais ie ne vous reuoye.

Clement.

Madamoyselle asseurément
Faut faire le commandement
Et volonté de vostre pere.

Annette.

Comment voudrois-tu bien deffaire
Vne si belle creature
Pour si petit de forfaicture,
Non iamais vn cœur masculin
N'ensanglanta le feminin,
Neantmoins si cruel tu veux,
De mon pere accomplir les vœux,
Fay Clement que ta lame fiere
Soit de ma mort l'aduant courriere.

Clement.

B ij

Mais quoy ſi ie veux paruenir
Il vous conuient faire tenir
Le rang des morts.

Annette.

Pour Dieu Clement,
Prenez pitié de mon tourment
Eſmeu de ma dolente voix.

Clement.

Ie voudrois bien ſi ie pouuois.

Annette.

Clement tu te peux reuocquer.

Clement.

Ie ſens en moy entrechocquer
Miſericorde & la rigueur.

Annette.

Clement pour Dieu changez de cœur
Et me ſauuez.

Clement.

Ie ne ſerois
Vous faire mal quand ie voudrois,
Ou i'aurois le cœur animé
Comme vn lion roux affamé,
Mais il vous me conuient promettre
Que tant que mon ſeigneur & maiſtre
Sera viuant ne vous verra.

Annette.

Clement cela ainſi ſera,
Et puis que c'eſt neceſſité
Ie vay ſortir de la Cité
Pour entretenir mon ſerment.

Clement.

Prenez auant mon veſtement

Pour perdre toute cognoissance.

Annette.

Dieu vueille que par sa puissance
Ie puisse ce bien recognoistre,

Alexandre.

Dieu comme ie croy m'a fait naistre
Le plus malheureux de ma race,
Tousiours tousiours quelque disgrace
M'accompagne & me vient saisir
Au milieu de mon doux plaisir.

Lambert.

Ha par bieu ie voy bien qu'en maux
Mon maistre & moy sommes égaux
Puis qu'il est si matin leué:
Mon maistre qu'auez vous trouué
Qui vous comble ainsi de tristesse.

Alexandre.

I'estois aupres de ma maistresse
A moissonner le doux deduit
Quand vn peu apres la minuict
Son pere est venu à main forte
Lequel a rompu nostre porte
Pour nous faire vn mauuais party.

Lambert.

Quelqu'vn l'auoit donc aduerty.

Alexandre.

Neantmoins pour rendre Madame
Exempte d'affront & de blasme
Ie me sauuay l'espée au poing.

Lambert.

Vous auiez de moy bon besoin,
Et i'auois affaire de vous

Pour combatre vn'vilain ialoux
Qui venoit à moy de pied coy,
Iurant la grande vertu goy,
Pour luy auoir fait la faueur
D'auoir amené chez ma sœur
Sa femme auecque moy coucher.

Alexandre.

C'estoit assez pour le fascher,
Mais qui est ce beau lanternier.

Lambert.

Par ma foy c'est vn Cordonnier
Qui merite bien proprement
D'estre appellé Iean doublement.

Alexandre.

Nous estions donc en mesme peine,
Mais par la bonté souueraine,
S'il fait sentir quelque douleur
A Annette mon petit cœur,
Ie le feray priuer de vie.

Lambert.

N'ancrez point en vous telle enuie
Tout ce discord i'accorderay.

Alexandre.

Moy mesme ce i'appointeray.

ACTE IIII.

Clement, Le pere, Annette desguisee, Le Seigneur François oncle d'Annette, Alexandre, Lambert, La Cordonniere.

Clement.

C'Est fait il n'en faut plus parler,
Que gagneroy-ie à le celer,

Sa robbe encor enfanglantée
Qu'apres fa mort i'ay apportée
En donne affez bon tefmoignage.

Le pere.

I'en fuis marry, car l'homme fage
Ne s'efiouyt du mal d'autruy.

Clement.

En auez vous or de l'ennuy.

Le pere.

Clement helas ie l'ay fait faire,
Mais i'eftois alors en colere.

Clement.

I'ay fait ce que vous m'auez dit.

Le pere.

Tu n'en feras de moy defdit,
Puis que i'ay cela bon trouué,
Et que ie l'ay feul approuué.

Clement.

Pour tout cela ne plus ne moins,
Il n'en fera, car fans tefmoins,
Elle a paffé la riue noire,
Mais i'aurois bien meftier de boire
Car ie fuis vn peu alteré.

Le pere.

C'eft la raifon confideré
De ton deuoir l'integrité
Va boire tu l'as merité

Annette en habit de garçon.

O Amour tu as affronté
Subtilement ma chafteté,
Ma virginité outragée,
Amour eft par toy faccagée,

Et puis, ô malheur tu me tiens
Plus grande rigueur que les chiens
Ne font à la Biche au boccage
La tenant à leur aduantage,
I'eſtois cy deuant triomphante,
Et maintenant, ô pauure infante
Il me conuient en habit d'homme
Chercher la fortune aïnſi comme
Le Ciel enuoyer la voudra,
Helas où eſt ce que prendra
Mon pied ſa voye & en quel lieu
M'achemineray-ie, ô grand Dieu
Ie voy icy pres la maiſon
D'vn mien oncle, mais la ſaiſon
Me deffend de my preſenter
De peur qu'il ne vueille eſcouter
Ma triſte clameur & au reſte
Faſcheux ne me batte & moleſte

Le pere d'Annette.

Vous pouuez Seigneur Alexandre
Aſſez par mes propos entendre
Que d'Annette la triſte mort
M'apporte vn ſi triſte remord
Qu'il fera aduancer mon heure.

Alexandre.

I'en ſuis marry ie vous aſſeure.

Le pere.

O Annette ma fille chere
Bien toſt ton miſerable pere
Suiura le tien funeſte pas.

Alexandre.

Sur mon Dieu ie n'eſtimois pas

Que si grande seuerité
Eust en vostre cœur habité.

Le pere.

Mais quoy ell' ne voulut ouurir
Ny encor mesme descouurir
Le nom du paillard infidelle
Qui estoit couché auec elle.

Alexandre.

Elle craignoit de vous fascher.

Le pere.

C'est fait il n'en faut plus parler,
Mais retirons nous promptemeut
Malade suis extremement.

Lambert.

Nous rironsbien nos bleds sont beaux,
L'argent nous vient à grand monceaux
Et viue viue d'asticot
Le vieillard payera l'escot,
Car par le vray naturel cours
Le vilain ne viura deux iours,
Puis qu'il ne peut plus papier.

La Cordonniere.

Or escoutez le bon gautier
Il y va de teste & de cul.

Lambert.

Ha le reste de mon escu
Et bien ma petite maistresse.

La Cordonniere.

Laissez moy i'ay de la tristesse,
Ie voudrois estre trespassée

Lambert.

Et qu'auez vous.

La Cordonniere.
Ie fuis chaffée
De mon mari le Cordonnier
Lambert.
Au diable foit le faffranier.
La Cordonniere.
Encor m'a t'il tresbien battuë.
Lambert.
Si vous n'eftiez point fi teftuë,
Friande mauuaife & iafarde,
Ie vous ferois eftre la garde
Du pere d'Annnette qui eft
Bien fort malade.
La Cordonniere.
S'il vous plaift
Faite moy cefte courtoifie.
Lambert.
Ne faites donc pas l'eftourdie.

ACTE V.

Annette. L'oncle. Le Cordonnier. Alexandre.
Lambert. La Cordonniere.

Annette.
ON m'a dit ô fat alla enuie
Que mon pere eft priué de vie,
Congé donc ie demanderay.
L'oncle.
Iamais iamais ie ne feray
Tant que ie marcheray fur terre
Ingrat à mon feruiteur Pierre,

Mais le voicy qui me regarde.

Annette.

Monſieur le puiſſant Dieu vous garde.

L'oncle.

Toy auſſi Pierre que veux-tu.

Annette.

Monſieur voyant voſtre vertu
Ie vous veux dire quelque choſe
D'aſſez lourd poix.

L'oncle

Propoſe
Et ne m'amuſe de babil.

Annette.

Monſieur voſtre frere auoit-il
Vne fille nommée Annette.

L'oncle.

Ouy da, mais helas la pauurette
Eſt morte il y a long temps.

Annette.

Ce n'eſt pas comme ie l'entends
Ie vous la veux monſtrer en vie.

L'oncle.

Pierre mon fils ie t'en ſupplie.

Annette.

Regardez moy donc fixement.

Loncle.

Ha par le diuin firmament
Ie ſuis de par vous de ſaint pris
Et de grande ioye ſurpris,
Ha ie voy à ceſte main nette
Ma foy que c'eſt ma niepce Annette
Des dames la perle & la roſe.

Annette.

Mon oncle vous ſçauez la cauſe
De tout ce qui eſt aduenu.

L'oncle.

Ma niepce cela m'eſt cognu.

Annette.

Allons doncques ſans plus attendre
Trouuer le Seigneur Alexandre,
Car ie ne veux d'autre eſpouſer,

L'oncle.

Ie ne vous veux pas refuſer.

Le Cordonnier.

Parbieu ie ne ſouffriray
De ma vie & pluſtoſt mourray
Vaillamment d'eſtoc & de taille
Deſſoubs vn bon Iacque de maille
En combatant l'eſpee au poing
Que ie n'attrape pres ou loing
Ma putace de Cordonniere
Qui ſe dit eſtre chambriere,
Au logis du ſieur Alexandre,
Et ce Lambert que l'on deuſt pendre
Qui la tient à pain & a pot
Penſe-il que ie ſois vn ſot,
Non non il me le faut combatre,

Alexandre.

I'entends la dehors ſe debatre
Vn quidem Lambert qu'on y ſongne.

Lambert.

Et monſieur c'eſt vn pauure yurongne
Qui ne demande que querelle.

La cordonniere.

Sors dehors vieille macquerelle
Auec ton beau monſieur de neige.

Lambert.

Auxarmes monſieur ſortiray-ie

Le Cordonnier.

Ha ie veux ce Lambert larder.

Alexandre.

Ha vous nous voulez brocarder
Deſſus deſſus qu'on le chatoüille.

Lambert.

Ha vous en aurez belle coüille.

Annette.

Aduiſez vn peu ie vous prie.

L'oncle.

Comment c'eſt fait de vollerie
D'aſſaillir ainſi les maiſons.

Le Cordonnier.

Eſcoutez treſtous mes raiſons,
Monſieur ie ſuis le Cordonnier
D'icy pres qui ſans le nier

La Cordonniere.

Tu as dit vray frere Guillaume
Pour me battre & mettre en tourment.

Le Cordonnier.

Ie ne te feray rien vrayment
Mais que tu face bon meſnage.

Lambert.

Allez en voſtre mariage
Viuez en paix ainſi que chats.

Alexandre.

Ie ne ſçay comme à ce pourchas

Suruenu estes si a poinct
Seigneur François.

          L'oncle.

Ce n'est le point
Voyez ce mignon de couchette
N'a til pas la facon d'Annette.

      Alexandre.

Si Annette n'estoit point morte
Ie la prendrois en toute sorte
Pour elle car il luy ressemble.

      Lambert.

Par ma foy monsieur il me semble
Que c'est vostre fauorisée.

      Annette.

Quoy m'auez vous ja mesprisée
Ou est nostre premier amour,
O Alexandre ou est le iour
Qu'au danger de ma propre vie
Ma virginité fut rauie.

      Alexandre.

O ma maistresse tant aymeé
De qui i'ay l'image imprimée,
Approchez vn peu, baisez moy,
Et faites ecclipser mon esmoy.

      Annette.

Amy en toute honnesteté
Esprouué as ma chasteté.

      L'oncle à Alexandre.

Or ça Monsieur de bon courage
Prenez Annette en mariage
En possession vous auez
Tous ses biens & si vous scauez

Quelle est bonne volonté
Ioint aussi qu'auez emprunté
Desia vn pain sur la fournée.

Alexandre.

Ie veux par vn saint Hymenée
L'auoir ce iour en mariage.

Lambert.

C'est tres bien dit serrons bagage,
Quand à moy ie me determine
D'aller apprester la cuisine,
Et preparer sans long caquet
De cette nopce le banquet.

FIN.

www.ingramcontent.com/pod-product-compliance
Lightning Source LLC
Chambersburg PA
CBHW061621180626
46818CB00005B/2176